Directeurs de collection :

Laure Mistral
Philippe Godard

Dans la même collection :

Claire VEILLÈRES - **Anna, Kevin et Nomzipo vivent en Afrique du Sud**
Claire VEILLÈRES - **Ikram, Amina et Fouad vivent en Algérie**
Annie LANGLOIS - **Tinnkiri, Lachlan et Liang vivent en Australie**
François-Xavier FRELAND - **João, Flavia et Marcos vivent au Brésil**
Emilie GASC-MILESI - **Kathryn, Sébastien et Virginie vivent au Canada**
Pascal PILON et Elisabeth THOMAS - **Meihua, Shuilin et Dui vivent en Chine**
Michèle ANOUILH - **Sultana, Leila et Everett vivent aux États-Unis**
Philippe GODARD - **Rigoberta, Juan et Marta vivent au Guatemala**
Philippe GODARD - **Shubha, Jyoti et Bhagat vivent en Inde**
Alexandre MESSAGER - **Ahmed, Dewi et Wayan vivent en Indonésie**
Armand ERCHADI et Roman Hossein KHONSARI - **Darya, Reza et Kouros vivent en Iran**
Alexandre MESSAGER - **Aoki, Hayo et Kenji vivent au Japon**
Laure MISTRAL - **Rachel vit à Jérusalem, Nasser à Bethléem**
KOCHKA - **Joumana, Omar et Alia vivent au Liban**
Dorine LELEU - **Aina, Lalatiana et Alisao vivent à Madagascar**
Claire VEILLÈRES - **Jaroslaw, Kasia et Janusz vivent en Pologne**
Maïa WERTH - **Sacha, Andreï et Turar vivent en Russie**
Bernadette BALLAND - **Guy-Noël, Victor et Flore vivent au Rwanda**
Bilguissa DIALLO - **N'Deye, Oury et Jean-Pierre vivent au Sénégal**
Alexandre MESSAGER - **Mehmet, Hatice et Hozan vivent en Turquie**
Alexandre MESSAGER - **Khanh, Dung et Nghiep vivent au Vietnam**

Retrouvez toutes nos parutions sur :
www.lamartinierejeunesse.fr
www.lamartinieregroupe.com

Conception graphique : Elisabeth Ferté
Réalisation : Hasni Alamat

Enfants d'ailleurs

Alexandre Messager

Mehmet, Hatice et Hozan vivent en Turquie

Illustrations
Sophie Duffet

De La Martinière
Jeunesse

BULGARIE

MER NOIRE

Istanbul

Ankara

Diyarba

SYRIE

CHYPRE

MER MÉDITERRANÉE

Voici la Turquie !

La Turquie est à cheval sur deux continents : l'Europe et l'Asie. La Thrace est la région située en Europe, l'Anatolie est en Asie. On dit que la Turquie est un pays « eurasiatique ». Elle a des frontières terrestres avec la Grèce, la Bulgarie, la Géorgie, l'Arménie, l'Azerbaïdjan, l'Iran, l'Irak et la Syrie.

Capitale : Ankara.

Superficie : 776 000 km² (soit une fois et demie la France).

Climat : située au nord-est du Bassin méditerranéen, la Turquie connaît un climat méditerranéen : l'hiver est doux, tandis que l'été est chaud et sec. Cependant, dans les régions intérieures, le climat est plus continental, avec des hivers froids.

Population : la population était, en 2006, de 72,9 millions d'habitants, avec une densité de 94 habitants/km² (contre 110 habitants/km² pour la France). Plus de 67 % de la population vit en ville.

Peuples et langues : depuis 1982, la langue officielle est le turc, qui s'écrit en alphabet latin depuis 1928. Autres langues : l'arabe (dans le sud-est), le kurde (à l'est et dans le sud-est) et le laze (dans le nord-est). On compte une cinquantaine d'autres langues et dialectes, avec neuf alphabets différents.

Religion : la principale religion est l'islam. Les religions chrétienne et juive sont très peu représentées. La religion est mentionnée sur les papiers d'identité et une administration publique, la « présidence des Affaires religieuses », est en charge de la gestion des mosquées du pays.

Principales villes : Istanbul (15 millions d'habitants), Ankara (la capitale, 4 millions), Smyrne (3,5 millions), Brousse (2 millions) et Konya (2 millions).

Un pont entre l'Orient et l'Occident

À partir du VIIe **siècle avant J.-C.,** des colons grecs s'installèrent sur la côte ouest de la Turquie actuelle. Ils fondèrent d'importantes cités, comme Éphèse ou Byzance. Au Ier siècle avant J.-C., les Romains conquirent l'Asie Mineure, partie asiatique de l'actuelle Turquie. La région revêtait une importance stratégique, car elle était le premier barrage contre les invasions des « Barbares » venus d'Asie. C'est pourquoi l'empereur Constantin fonda en 330 après J.-C. la ville qui porte son nom, Constantinople, sur le site de l'ancienne Byzance. Constantinople devint la capitale de l'Empire romain d'Orient, et, à la chute de Rome, en 476, resta la capitale de l'Empire « byzantin ». Cet empire était chrétien, et servit de relais aux Croisés qui, entre le XIe et le XIIe siècle, conquirent la Terre sainte. Mais une nouvelle puissance s'élevait dans la région : les Ottomans, qui étaient des musulmans venus d'Asie centrale. En 1453, ils s'emparèrent de Constantinople.

L'Empire ottoman était alors une puissance dynamique. Les sultans qui le dirigeaient construisirent des palais fabuleux comme celui de Topkapi, à Constantinople. Le pays connut son apogée au XVIe siècle sous le règne de Soliman le Magnifique ; il contrôlait alors toute l'Anatolie, les Balkans, le pourtour de la mer Noire, la Syrie, la Palestine, la Mésopotamie, la Péninsule arabique et l'Afrique du Nord. Peu à peu, le pouvoir ottoman déclina. Les peuples soumis supportaient mal l'autorité du sultan d'Istanbul et se révoltaient. Au début du XXe siècle, l'Empire ottoman était si faible qu'on le surnommait « l'homme malade de l'Europe ». Il s'engagea dans la Première Guerre mondiale au côté de l'Allemagne ; la défaite de 1918 entraîna l'occupation du pays par les Alliés. Le traité de Sèvres, en 1920, fit éclater l'Empire, qui perdit une grande partie des territoires qu'il contrôlait. Les Grecs tentèrent d'occuper la partie asiatique du pays, l'Anatolie. Le général Mustafa Kemal entra alors en lutte contre eux, et il parvint à construire un État national turc. En 1922, il vainquit les Grecs et abolit le sultanat. La Turquie était née, avec ses frontières actuelles, qui empiètent sur les territoires des Arméniens et des Kurdes.

Mustafa Kemal, dit Atatürk («père des Turcs»), proclama la république en 1923. Il mit en place un État autoritaire et accomplit de nombreuses réformes pour faire de son pays une puissance moderne et laïque. Il imposa l'alphabet latin et interdit l'écriture arabe, adopta le calendrier occidental au lieu du calendrier musulman. Il mourut en 1938. Durant les années 1950-1960, l'islam fut de nouveau toléré. Au cours des années 1970-1980, la Turquie connut la dictature militaire, avant de redevenir, en 1993, une démocratie. En 2007, Abdullah Gül fut élu onzième président de la République.

Aujourd'hui, le gouvernement se heurte à la question kurde : le peuple kurde revendique un État national qui correspond aux régions qu'il habite en Turquie, en Irak, en Iran et en Syrie, ce que refusent tous ces États. En 1989, la Commission européenne a déclaré la Turquie éligible à une candidature d'adhésion à l'Union européenne, mais la Turquie n'en est toujours pas membre, malgré un début de négociation.

Les appartements du palais Eyoub, lieu de résidence du sultan.

5

Mehmet, Hatice et Hozan nous invitent en Turquie

Mehmet est un jeune garçon de onze ans qui vit à Istanbul, la ville la plus peuplée de Turquie. Son père est professeur d'histoire à l'université et sa mère s'occupe d'un petit salon de coiffure situé tout près du Grand Bazar, où affluent les touristes du monde entier. Plusieurs fois par an, Mehmet assiste à une représentation de derviches tourneurs.

Hatice a dix ans et vit à Ankara, la capitale de la Turquie, en Anatolie, où ses parents ont une entreprise familiale de tapis. Tous les matins, Hatice va à l'école. Pendant les vacances, elle rend visite à ses grands-parents maternels qui vivent à Avanos, en Cappadoce. C'est une région magnifique où il y a de nombreuses grottes et des villages souterrains construits dans la roche volcanique.

Hozan a onze ans. Il est kurde et habite à Diyarbakir, considérée comme la « capitale » de la région du Kurdistan turc. Ses parents ont une petite auberge située dans un ancien caravansérail, là où les convois des marchands voyageurs faisaient une halte à l'époque de la route de la soie.

Enfants turcs à l'école, en uniforme.

Double page suivante : Istanbul, au croisement des trois religions et à cheval sur l'Europe et l'Asie.

Mehmet habite à Istanbul

C'est à Istanbul que vit la famille de Mehmet, un jeune garçon de onze ans. Il y est né et il est très fier de sa ville, qui est l'une des plus prestigieuses du monde. C'est pour cette raison qu'il y a autant de touristes américains, japonais, allemands, français ou encore chinois qui viennent la découvrir à tout moment de l'année. Ils admirent sa beauté, visitent ses monuments historiques, font une promenade en bateau sur le Bosphore, et aiment se perdre dans son Grand Bazar… que Mehmet connaît par cœur !

Byzance, Constantinople, Istanbul…

Mehmet est un « Stambouliote », un habitant d'Istanbul. Cette ville est de très loin la plus importante métropole de Turquie par le nombre d'habitants, même si elle n'en est pas la capitale. Istanbul est aussi la ville la plus emblématique de l'histoire du pays. Elle fut surnommée la « Sublime Porte » à cause de la porte d'honneur monumentale du grand vizirat, siège du gouvernement du sultan à l'époque de l'Empire ottoman. Derrière cette porte, qui inspirait à tous les voyageurs le respect et la crainte, se trouvait le grand vizir, c'est-à-dire le principal ministre de l'Empire, qui était nommé par le sultan. Du temps de la splendeur des Ottomans, on raconte que les ambassadeurs étrangers devaient longuement attendre devant la grande porte pour obtenir une audience.

Jusqu'en 1923, date à laquelle Mustafa Kemal Atatürk créa la République turque, Istanbul fut la capitale de l'Empire ottoman. Mais elle ne porte ce nom que depuis 1930. Byzance, Constantinople, Istanbul… successivement grecque, romaine, byzantine, ottomane et enfin turque, cette grande cité a une histoire très riche. Appelée aussi la « Nouvelle Rome », car fondée sur sept collines comme Rome, Constantinople était l'une des trois villes antiques les plus importantes avec Athènes et Rome.

À cheval sur le détroit du Bosphore, Istanbul.

Mehmet est un peu obligé de s'intéresser à l'histoire de son pays : c'est la matière qu'enseigne son père à l'université ! Il ne le regrette pas, car maintenant qu'il connaît l'histoire de la Turquie sur le bout des doigts, grâce à son père, il comprend que son pays a connu des retournements de situation étonnants. La Turquie est passée de la gloire à la défaite, de la misère à la grandeur, de la domination de l'islam à la république laïque, un peu comme dans un film à grand spectacle ! Mehmet connaît bien l'histoire mouvementée d'Istanbul.

C'est la seule ville au monde partagée entre deux continents. À cheval sur le détroit du Bosphore, qui relie la mer de Marmara à la mer Noire, Istanbul s'étend à l'est sur le littoral asiatique et à l'ouest sur le continent européen. De plus, l'estuaire de la Corne d'or, qui se jette dans le Bosphore, sépare encore la partie européenne d'Istanbul en deux, la ville historique et la ville nouvelle. La Corne d'or, aménagée il y a très longtemps par les Grecs pour construire la ville de Byzance, forme un immense port naturel.

Une ville très convoitée

L'un des épisodes les plus extraordinaires de l'histoire d'Istanbul est, pour Mehmet, cette incroyable conquête de la ville par les croisés, les chevaliers venus d'Europe et envoyés par le pape pour aller conquérir les Lieux saints en Palestine.

En 1204, lors de la quatrième croisade, les Vénitiens avaient accepté de transporter les croisés en Terre sainte sur leurs navires, à une condition : que ces chevaliers s'emparent de Constantinople, qui était la rivale de Venise dans le commerce en Méditerranée, et qu'ils la pillent. Une énorme chaîne barrait l'accès au port, mais les marins vénitiens réussirent à la briser ! Les Vénitiens débarquèrent les croisés, qui mirent la ville à sac et repartirent peu après.

Lors de la quatrième croisade, Alexis l'Ange, prétendant au trône, persuade Baudouin, comte de Flandre, de prendre Constantinople, 1204.

Cet épisode n'est qu'une anecdote dans l'histoire de Constantinople, car la principale menace qui guettait la ville venait des Ottomans, qui prirent leur élan à partir du XIIIe siècle. Ils grignotèrent peu à peu l'Anatolie, avant de s'installer sur le détroit des Dardanelles vers 1345, puis de contrôler la Thrace, partie européenne de la Turquie actuelle. Les Ottomans reculèrent un moment, vaincus en 1402 par le conquérant mongol Tamerlan, mais très vite ils se reprirent. Finalement, en 1453, les Ottomans prirent Constantinople, qui devint leur capitale, et cela durant cinq siècles.

Les Ottomans étaient des musulmans, et la ville passa d'un coup du monde chrétien à celui de l'islam. C'était un bouleversement inouï ! C'est ainsi que la basilique chrétienne Sainte-Sophie fut transformée en mosquée. Son père a raconté à Mehmet que Sainte-Sophie était considérée comme la huitième merveille du monde, car elle était la plus grande basilique de la Chrétienté. Les travaux de construction prirent plus de cinq années sous le règne de l'empereur Justinien, au VIe siècle. L'empereur voulait ériger un monument plus grand et plus magnifique que le temple de Salomon à Jérusalem. La légende rapporte que lorsque la basilique fut terminée, Justinien se serait écrié : « Salomon, je t'ai vaincu ! »

En 1453, les musulmans remplacèrent la croix située au sommet de l'édifice par un croissant, et firent construire des minarets pour l'appel à la prière. Mais en 1935, à la demande de Kemal Atatürk, qui voulait transformer la Turquie en un pays laïc, Sainte-Sophie devint un musée. Bien que Mehmet et ses parents soient musulmans, ils viennent souvent visiter cet ancien lieu de culte désormais ouvert à tous.

Sainte-Sophie,
l'ancienne basilique
devenue mosquée.

Les merveilles de Topkapi

Depuis qu'il est tout petit, Mehmet vit dans le centre historique d'Istanbul car sa mère s'occupe d'un petit salon de coiffure situé dans le quartier Gedikpasa, tout proche de celui de Sultanhamet.

Quand il était bébé, sa mère l'emmenait avec elle, et, aujourd'hui encore, après l'école, quand son père n'est pas à la maison, Mehmet va retrouver sa mère au salon, où il prend son goûter dans l'arrière-boutique.

Mehmet a déjà visité les principaux monuments historiques de la ville. Le palais de Topkapi est l'un des édifices qu'il préfère. La première fois qu'il s'y est rendu avec ses parents, il a cru qu'il allait se perdre tant il avait l'impression d'être dans un immense labyrinthe, avec des couloirs partout, des salles très grandes et parfois des pièces minuscules. Grâce à

Vue aérienne du palais de Topkapi.

son père, il a appris l'histoire de ce lieu grandiose qui domine la Corne d'or, le Bosphore et la mer de Marmara. Topkapi fut la résidence des sultans pendant une grande partie de l'ère ottomane. C'est le sultan Mehmet II lui-même, le conquérant de Constantinople, qui créa la disposition de base du palais en choisissant le point le plus élevé pour ses appartements privés. Le palais devint ensuite un vaste complexe constitué d'un ensemble de bâtiments disposés autour de cours intérieures et reliés par des galeries. Un peu partout, des arbres, des jardins et des fontaines procuraient la fraîcheur aux habitants du palais et leur ménageaient des lieux de repos. La vie s'organisait autour de ces bâtiments. Au plus fort de son existence, le palais abrita plus de quatre mille personnes.

Chaque fois qu'il s'y rend, Mehmet admire ses innombrables trésors, les collections de boucliers, d'armes, d'armures, de vêtements, de manuscrits, de peintures et de calligraphies islamiques (l'art de l'écriture, en caractères arabes dans les pays musulmans), sans oublier les bijoux et autres parures de pierres précieuses que les femmes portaient à la Cour.

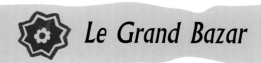

Le Grand Bazar

À Istanbul, il existe un autre labyrinthe, beaucoup plus vivant que le palais de Topkapi mais dans lequel Mehmet ne se perd jamais : le Grand Bazar.

Cet endroit, très prisé des touristes, est une véritable fourmilière humaine. Mehmet y va souvent car son oncle Bülent possède une petite échoppe où il vend des loukoums, une confiserie turque très appréciée des enfants mais aussi des adultes. Préparé à base d'amidon de maïs, de sucre et d'eau-de-rose notamment, le loukoum se présente en petits cubes saupoudrés de sucre glace. L'oncle Bülent en propose plusieurs sortes, certaines enrobées de noix de coco en poudre, d'autres avec de petits morceaux de pistache ou d'amande à l'intérieur.

Le Grand Bazar, un immense marché couvert.

Parfois, le week-end, Mehmet aide son oncle à préparer l'étalage et à emballer les boîtes achetées par les touristes. Il aime entendre son oncle parler anglais et négocier les prix. Cela peut durer très longtemps, mais l'oncle Bülent ne cède jamais ! Ce que Mehmet préfère avant tout, c'est aller se promener dans les dédales de ruelles du bazar et voir les touristes agglutinés devant les milliers d'échoppes et de petits ateliers qui, telle la caverne d'Ali Baba, proposent toutes sortes de choses : des bijoux en or et en argent, des pierres précieuses, des antiquités, des plats en cuivre, des tapis, des habits, des parfums, des souvenirs…

Même si, aujourd'hui, il a été détrôné par les gigantesques centres commerciaux que l'on trouve à Istanbul comme dans toutes les mégapoles de la planète, le Grand Bazar fut pendant des siècles le plus grand marché couvert au monde, et on peut encore facilement s'y perdre. Le soir, à 19 heures, les dix-neuf portes qui permettent d'y accéder ferment, et il ne reste plus que les marchands qui rangent leurs produits. C'est un moment privilégié pour Mehmet car il peut flâner avec son oncle avant de rentrer chez lui et jouer à cache-cache dans les ruelles de la ville avec d'autres enfants.

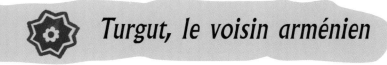

Turgut, le voisin arménien

ehmet et ses parents habitent une petite maison dans le quartier de Balat, au nord du Grand Bazar.

Ce quartier, qui longe la Corne d'or, est voisin de celui de Fener, qui a la particularité d'être surtout peuplé de Grecs, et du quartier d'Ayvansaray, qui lui est plutôt « gitan ». Quant au quartier où vit Mehmet, il comptait, au début du XXe siècle, surtout des Juifs, des Grecs et quelques Arméniens. Aujourd'hui, les Turcs y sont majoritaires. En effet, la communauté arménienne d'Istanbul, très importante autrefois, ne compte plus que 60 000 membres environ. Turgut, le voisin arménien de Mehmet avec qui il joue

La communauté arménienne d'Istanbul prépare la visite du pape en novembre 2006.

depuis qu'il est tout petit, lui a raconté un jour l'histoire de sa famille. Quand l'Empire ottoman, à la fin du XIXe siècle, vit son pouvoir décliner et perdit ses territoires au profit des États rivaux (la Russie, la France et l'Angleterre notamment), il réprima de plus en plus violemment les minorités qui réclamaient l'indépendance. L'Arménie, une région au nord-est de l'Anatolie, partagée au cours des siècles entre plusieurs puissances dont l'Empire ottoman, demanda l'autonomie. Les Améniens espéraient obtenir de l'aide des États rivaux de la Turquie, chrétiens comme eux. En vain : ils subirent deux vagues de massacres, en 1895-1896 et en 1915-1916. La famille de Turgut, qui vivait à Istanbul, parvint à s'échapper. Mais deux millions d'Arméniens périrent au cours de ce génocide (le massacre planifié de tout un peuple) quand ils ne parvinrent pas à fuir à l'étranger. Bien que ces massacres aient été commis par les dirigeants de l'Empire ottoman, les gouvernements turcs suivants ont toujours refusé de les reconnaître. Quand Mehmet vient chercher Turgut chez lui, il regarde au mur les photos de sa famille, de monastères chrétiens du Xe siècle, à l'époque où l'Arménie était grande et puissante, mais aussi des reproductions d'enluminures qui illustrent des passages des Évangiles traduits en arménien.

Le père de Turgut a repris le commerce de tissus de ses grands-parents.

Balat était un quartier de commerçants et de petits artisans mais aussi d'ouvriers qui travaillaient aux chantiers navals, juste à côté. Bien qu'étant situé dans la vieille ville d'Istanbul où se regroupe une population aisée, Balat est assez pauvre ; beaucoup de maisons sont en mauvais état. Celle de Mehmet a été restaurée et réaménagée lorsque ses parents sont venus s'y installer. Autour de chez eux, un programme de rénovation de l'habitat a été lancé pour redonner de l'éclat à ce quartier où ont cohabité tant de cultures et de religions, où se côtoient mosquées, synagogues et églises.

À Balat se trouve un embarcadère pour prendre le bateau et traverser la Corne d'or.

Une fois par mois, Mehmet et ses parents l'empruntent pour aller voir le frère du père de Mehmet, l'oncle Eren, qui habite de l'autre côté, dans la nouvelle ville d'Istanbul, dans le quartier de Taksin. Mehmet adore s'y rendre car c'est l'occasion d'un véritable périple. Après le bateau, il doit ensuite prendre le Dolmus, une sorte de taxi-bus qui s'arrête à tout moment pour faire monter des gens.

L'oncle Eren est un derviche tourneur

L'oncle Eren est un derviche tourneur. Bien que le mot derviche signifie « pauvre, mendiant » en persan, les derviches tourneurs ne sont pas des mendiants ; ce sont des musulmans membres d'un ordre religieux, l'ordre Mevlevi.

Cette communauté a été fondée au XIIIe siècle à Konya, une ville sainte située dans le centre de la Turquie et très attachée aux valeurs traditionnelles. L'appellation « tourneur » vient du fait que ces croyants s'adonnent à une danse, appelée *sema*, et qu'ils tournent sur eux-mêmes, au point de ressembler à des toupies.

Pendant l'Empire ottoman, l'ordre des derviches était bien établi et comptait de nombreux membres. Puis, sous la présidence de Kemal Atatürk, il fut considéré comme hors-la-loi car trop « mystique », tourné vers l'adoration de Dieu. Cependant, en 1950, le gouvernement turc autorisa à nouveau l'ordre des derviches et leur permit de faire une représentation chaque année le 17 décembre, pour célébrer la mort de Mevlana, fondateur de leur ordre. Aujourd'hui, il y a de nombreux spectacles organisés toute l'année, et l'oncle Eren y participe très souvent.

Deux ou trois fois par an, Mehmet et ses parents assistent à une cérémonie dans une petite mosquée et, à chaque fois, c'est un moment unique. Après s'être déchaussés à l'entrée, Mehmet et tous les fidèles se rendent dans une pièce où est servi un petit repas, pris avec les derviches tourneurs. Puis tous s'installent dans une grande salle, le *semahane* ou « salle de danse », dont les murs sont recouverts de grandes calligraphies arabes. Un côté de la pièce est réservé aux visiteurs, le centre pour les derviches tourneurs qui vont danser et, l'autre côté pour les musiciens et les fidèles. Les fidèles chantent, accompagnés d'un petit groupe de musiciens composé de deux joueurs de flûte et de deux percussionnistes. Le chant s'élève doucement pendant que les derviches commencent le *sema*. À l'image de l'oncle Eren, ils sont vêtus d'une longue tunique blanche. Ils tournent d'abord très lentement, puis de plus en plus vite. Ils déploient ensuite les bras, la paume de la main droite dirigée vers le ciel afin de recueillir la grâce d'Allah et de Mahomet, son prophète, celle de la main gauche dirigée vers la terre pour l'y répandre. Ils tournent en pivotant sur le pied gauche et en traçant un cercle autour de la piste. La danse devient une prière, un dépassement de soi, et les mouvements circulaires incessants reproduisent la rotation des planètes autour du soleil. Tandis que les derviches tourneurs dansent, les fidèles accentuent leur chant en l'accompagnant de mouvements de la tête de gauche à droite. Le chant s'accélère et les gestes des derviches se font de plus en plus amples. Mehmet est comme hypnotisé par le spectacle. Il a l'impression que les tuniques des derviches, sous l'effet des mouvements circulaires, sont de grandes fleurs blanches ouvertes.

Après la représentation, Mehmet et ses parents retrouvent l'oncle Eren pour aller boire du thé dans une petite auberge voisine, et c'est toujours un moment chaleureux.

Des derviches tourneurs lors du sema.

Hatice habite à Ankara, capitale de la Turquie

Hatice a dix ans. Elle habite à Ankara, la capitale de la Turquie. Située en plein cœur de l'Anatolie, au milieu des terres, Ankara est considérée comme une ville moderne, même si ses origines remontent à l'ère néolithique, entre le VIIᵉ et le Vᵉ millénaire avant J.-C.

En 1919, Kemal Atatürk a choisi Ankara comme quartier général de la résistance turque contre l'occupation des Alliés, vainqueurs de la Première Guerre mondiale. Puis, pour des raisons stratégiques, Ankara est devenue la capitale de la toute nouvelle Turquie créée en 1923 : elle est située au centre du plateau anatolien et donc difficile d'accès pour les armées ennemies. Mais ce n'était alors qu'une petite ville de 30 000 habitants ; elle a ensuite connu une forte expansion, et compte aujourd'hui plus de 4 millions d'habitants. Sa population continue d'augmenter en raison de l'exode rural.

Hatice a deux petits frères, Osman et Kemal, qui ont cinq et huit ans. La maison d'Hatice est située dans le quartier populaire de Kecioren, au nord d'Ankara. C'est une grande maison où habite aussi une de ses grand-mères. Juste à côté, il y a un vaste atelier où ses parents fabriquent des tapis.

Les parents d'Hatice ont une fabrique de tapis

Les parents d'Hatice ont dix employées, qui vivent dans des villages des environs d'Ankara. À l'atelier, elles sont en charge du tissage des kilims, qui sont ensuite vendus sur les marchés d'Ankara et d'Istanbul.

Les kilims sont des tapis artisanaux. En Turquie, il y a plusieurs sortes de tapis. Ils peuvent être fabriqués avec de la soie, de la laine ou du coton (certains tapis sont confectionnés avec les trois matériaux à la fois) et de différentes façons. Le kilim, c'est un tapis sans velours, composé uniquement de laine de mouton, donc peu épais et plutôt rêche, râpeux au toucher.

Les premiers kilims auraient été fabriqués il y a plus de dix mille ans par des peuples nomades. Ils servaient à lutter contre le froid et l'humidité au gré des campements. Très résistants, ils remplaçaient les peaux de

Tissage de kilims dans un atelier près d'Ankara.

bêtes, qui s'usaient et se déchiraient trop vite. Ils pouvaient aussi servir de rideaux de porte pour les tentes, et permettaient de couvrir les bébés. Au fil des siècles, les peuples qui se sont sédentarisés ont continué à utiliser les kilims dans leurs maisons. Pour cette raison, les Turcs disent que les kilims sont à la fois la mémoire et l'identité des peuples nomades, semi-nomades et sédentaires. Chaque tribu ou clan qui fabriquait des kilims avait son propre style et ses propres motifs : couleurs vives ou sobres, motifs simples ou complexes.

Les techniques de fabrication des kilims sont les mêmes depuis des millénaires, tant pour le filage de la laine de mouton, pour le tissage proprement dit que pour la confection des teintures. Aujourd'hui, la seule chose qui a changé, c'est l'utilisation de colorants chimiques. Mais les parents d'Hatice utilisent toujours des colorants naturels et c'est l'une des raisons pour lesquelles leurs tapis sont si recherchés.

Les tapis d'Anatolie, sans doute les plus célèbres, ne sont pas des kilims, mais des tapis « à points noués ». C'est un art très compliqué, car il faut des milliers et des milliers de nœuds pour fabriquer un seul tapis ! De plus, les nœuds de différentes couleurs doivent former un dessin harmonieux. Les tapis d'Anatolie servent souvent à la prière : les musulmans les orientent, au moment de la prière, vers La Mecque, la ville sainte de l'islam située en Arabie saoudite, puis s'agenouillent dessus.

 ## Le travail à l'atelier de kilims

À l'atelier, le travail est très organisé. Le père d'Hatice est en charge de l'approvision-nement de la laine et de la coloration qu'il fait faire chez un teinturier.

Il fait venir la laine de mouton de la région de Diyarbakir, dans le Kurdistan turc, car elle est de très bonne qualité. Elle est prélevée sur les épaules et les flancs de l'animal, là où elle est la plus longue.

Les moutons de Diyarbakir fournissent la laine pour les tapis.

C'est lui aussi qui s'occupe de la commercialisation auprès des marchands spécialisés qui ont des boutiques dans les grands marchés d'Istanbul et d'Ankara. Certains acheteurs sont des marchands étrangers qui viennent eux-mêmes faire leur choix en fonction de leur clientèle. La mère d'Hatice supervise le tissage et décide des motifs avec les employées. Parfois, lorsque l'une d'elles est malade ou en congé, elle prend sa place au métier à tisser.

Avant d'être utilisée sur les métiers à tisser, la laine est expédiée chez un teinturier traditionnel dans la ville de Konya, au sud d'Ankara. Celui-ci travaille à l'ancienne, c'est-à-dire qu'il immerge d'abord la laine dans un bain d'alun de potassium et de sulfate de cuivre, ce qui permettra aux colorants naturels d'être mieux absorbés par la laine. Ensuite seulement, la laine est trempée dans différentes grandes cuves très chaudes pleines de colorants naturels. Les principales couleurs sont le rouge (obtenu par la racine de garance, une plante qui pousse à l'état sauvage), le bleu (obtenu par les feuilles de l'indigo), le jaune (à partir de feuilles de vigne ou de safran), le vert (obtenu en mélangeant du bleu et du jaune avec du sulfate de cuivre), le gris et le marron (avec du brou de noix). Pour le blanc et le noir, il n'y a pas de coloration car ce sont les couleurs naturelles de la laine. Ensuite, la laine est mise à sécher au soleil.

Le métier à tisser

Pour tisser les kilims, les femmes travaillent assises face à leur métier, qui est vertical ; les montants supportent deux barres rondes et parallèles, appelées « ensouples ».

Entre ces deux ensouples sont fixés les fils de laine de chaîne. Ensuite, la tisseuse accroche les fils de trame, qui sont passés une fois par-dessus puis une fois par-dessous les fils de chaîne. La trame représente la face du tapis, celle qui sera exposée. C'est en utilisant les fils de trame de couleurs différentes que l'on dessine les motifs. Le tissage commence toujours par le bas, et la tisseuse est assise sur une petite planche qui repose sur les barreaux de deux échelles fixées aux montants du métier à tisser. Ainsi, au fur et à mesure que le nouage progresse, la planche s'élève en même temps que le tapis.

Une femme travaillant à la confection d'un tapis, sur un métier à tisser.

À force de regarder les femmes travailler, Hatice connaît bien les techniques de tissage. En suivant les conseils de sa mère, elle a déjà tissé un peu et, quand elle accompagne ses parents dans certains magasins qui vendent des tapis, elle sait déjà faire la différence entre les kilims de qualité et les autres.

Hatice va à l'école primaire

En Turquie, le système éducatif a bénéficié d'importantes réformes et l'enseignement est très rigoureux. Les parents accordent en général beaucoup d'importance à la scolarité de leurs enfants.

L'école est obligatoire dès l'âge de six ans et jusqu'à quatorze ans, de l'école primaire à la fin du collège. L'école publique est laïque et gratuite, à l'exception des fournitures scolaires (livres, cahiers et uniforme). Si les parents sont trop pauvres, une bourse de l'État ou une association de parents d'élèves peuvent les aider à payer ces fournitures. Il existe aussi de nombreux établissements privés, payants. L'année scolaire commence en septembre et se termine en juin, comme en France.

Tous les matins, Hatice enfile une petite robe de couleur rouge, ainsi que le font toutes les filles de son école, qui est publique. Les garçons, eux, portent un pantalon gris et une veste bleue. Tout le monde est habillé de la même façon ; cela évite que certains élèves aient de plus beaux habits que d'autres, ou que les élèves portent des vêtements trop excentriques.

Hatice dans son uniforme rouge pour l'école.

Hatice étudie tous les jours de la semaine, sauf le samedi et le dimanche. L'école commence à 8 heures le matin jusqu'à midi, puis de 13 heures jusqu'à 16 heures. Mais ce n'est pas le cas dans toutes les écoles. Dans certaines, à cause d'un trop grand nombre d'élèves et du manque de salles de classe, les cours sont soit le matin, de 7 heures à 12 heures, soit l'après-midi, de 12 heures à 17 heures. Dans l'ensemble, les écoles sont surchargées et, cette année, il y a soixante élèves dans la classe d'Hatice.

Une école de discipline

L'école en Turquie est très stricte et il faut être discipliné. À l'école primaire, les élèves doivent acquérir, outre des connaissances de base telles que la lecture et l'écriture, une conduite et des habitudes qui en feront de bons citoyens turcs. Tous les matins, avant de rentrer en classe, Hatice et ses camarades doivent se mettre en rang par deux devant la statue de Kemal Atatürk, le fondateur de la Turquie moderne, qui est vénéré partout. Dans les salles de classe, il y a toujours un portrait ou un buste de lui et, parfois, les maîtres d'école lisent des textes à sa gloire. Tous les matins également, dans chaque classe, un élève est désigné par le maître ou la maîtresse pour être celui ou celle qui sera responsable de la bonne discipline de la classe pour la journée. L'élève désigné porte alors un brassard rouge. Cette règle permet aux élèves de s'autoresponsabiliser afin qu'il y ait moins de bruit dans ces classes surchargées.

Kemal Atatürk, vénéré par l'ensemble des Turcs.

Hatice étudie la langue turque, les mathématiques, l'histoire, la géographie, et elle a plusieurs heures de sport par semaine. Les parents d'Hatice suivent de très près sa scolarité et sa mère l'aide souvent à faire ses devoirs le soir. Ils veulent qu'elle ait les meilleurs résultats possibles pour aller après dans un collège de bon niveau. En Turquie, le système éducatif est fondé sur la réussite aux examens, et ce dès l'école primaire. Ainsi, tout écolier turc doit passer deux examens très importants. Le premier à la fin de l'école primaire, où ceux qui seront les mieux classés auront le choix entre les meilleurs collèges, et un second à la fin des études secondaires, pour aller à l'université. Dans la classe d'Hatice, certains écoliers suivent des cours privés le samedi pour améliorer leur niveau.

Les grands-parents d'Hatice vivent en Cappadoce

Une fois par an, depuis l'âge de cinq ans, pendant les vacances de février, Hatice va rendre visite à ses grands-parents maternels, qui vivent à Avanos, en Cappadoce, tout au sud d'Ankara.

Cette région est d'une beauté incroyable ; elle est très visitée par les touristes du monde entier. Pour aller à Avanos, Hatice prend le train avec son père ou sa mère, et elle passe une grande partie de son temps à la vitre du wagon car le paysage est irréel, un peu comme si elle débarquait sur la lune.

Avanos, située en pleine Cappadoce, a de nombreuses maisons qui ont été construites à même la roche. Les grands-parents d'Hatice en occupent une dans le centre-ville, qui sert aussi de boutique où sa grand-mère vend de la poterie. C'est la spécialité de la ville. Cette tradition s'explique par le fait qu'Avanos est située au bord du Kizilirmak, le fleuve le plus long de Turquie, appelé le « fleuve rouge » à cause de l'argile rougeâtre qu'il charrie. Cette argile extraite du cours d'eau permet de fabriquer depuis des milliers d'années toutes sortes de poteries qui conviennent aux besoins des populations de la région, et Avanos est l'un des plus grands centres de production de poteries en Turquie. Dans la petite ville, il y a plus de

La poterie, la plus ancienne tradition de Cappadoce.

trois cents ateliers qui produisent ainsi chaque jour des assiettes, des vases, des tasses et des plats.

Hatice aime accompagner son grand-père, qui sert parfois de guide dans les différents sites de la région. En général, les visites se font sur deux jours, le premier pour parcourir la vallée de Göreme, où il y a de merveilleuses églises et de magnifiques monastères construits dans la roche à des époques très reculées, le second pour visiter les environs de Ürgüp-Avanos-Nevsehir-Mazıköy, quatre villes typiques de la Cappadoce, où l'on peut visiter des villes souterraines.

Au cœur des anciens volcans

La formation des paysages de la Cappadoce a débuté il y a environ dix millions d'années, lorsque des volcans, du nom d'Erciyes dag, Hasan dag et Melendiz-Golludag, sont entrés en éruption.

Les matériaux projetés – roches, laves, poussières, cendres, boues – se mélangèrent avec l'argile et le grès du sol, et constituèrent une couche de 100 à 150 mètres de profondeur, parfois 500 mètres, sur des dizaines de milliers de kilomètres carrés. Par la suite, l'alternance de périodes calmes et de périodes marquées par les éruptions ainsi que l'apparition de volcans de moindre importance ont généré une superposition de couches de pierres très tendres et de poussières plus ou moins denses. On distingue ainsi des couleurs concentrées très différentes un peu partout sur les roches, qui correspondent aux diverses périodes de l'activité volcanique. Au fil des millénaires, sous l'effet du climat, du gel, du vent, de la pluie et de la sécheresse, le sol a subi l'érosion du temps et s'est lézardé : des vallées se sont creusées et, dans le même temps, des blocs ont résisté, des sortes de grands cônes que l'on a appelés les « cheminées de fées ». À d'autres endroits, ce sont de véritables canyons qui se sont créés entre deux falaises. On peut aussi voir de grands cercles sur le sol : ce sont d'anciens cratères de volcans éteints depuis très longtemps.

Mais ce qui fascine le plus Hatice, c'est la profusion de petites villes, villages et églises qui ont été construits et creusés dans la roche. Il existe ainsi plus d'une trentaine de villes souterraines, certaines ayant jusqu'à douze étages reliés par de très longs couloirs en pente. On trouve aussi des centaines de villages troglodytes, qui ont été entièrement creusés dans la roche tendre.

 ## Des villes secrètes pour les premiers chrétiens

Ces réalisations incroyables sont dues aux premiers chrétiens, qui ont creusé ces villages il y a quelques siècles.

En effet, si la Turquie est aujourd'hui un pays très majoritairement musulman, le territoire turc, en particulier le sud-est, fut la terre sacrée des premiers moines et ermites chrétiens. La ville d'Antioche, qui s'appelle aujourd'hui Antakya, située à la frontière de la Syrie, fut l'un des berceaux de la Chrétienté. Dès les premières années du christianisme, une communauté de croyants s'y implanta. Selon les Actes des Apôtres (un livre du Nouveau Testament), c'est dans cette ville que les disciples de Jésus reçurent pour la première fois le nom de « chrétiens » avant de propager leur religion à travers toute l'Anatolie. Mais les chrétiens d'Anatolie allaient connaître la persécution dès le IVe siècle, par les Romains d'Orient, puis sous l'Empire ottoman, par les Arabes musulmans. C'est ainsi que les innombrables sites naturels de la Cappadoce leur servirent de refuge. La relative friabilité des roches leur permit de creuser des abris dans les falaises et de se protéger en cas d'attaque.

En construisant des villes reliées les unes aux autres par des couloirs souterrains longs parfois de plusieurs kilomètres, les populations chrétiennes vivaient ainsi repliées sur elles-mêmes et rien ne laissait penser que ces lieux étaient habités. Certaines villes avaient un très haut niveau d'organisation. L'aération était assurée par des hautes cheminées verticales, souvent prolongées par un puits, réserve inépuisable d'eau fraîche. La nourriture, en quantité suffisante pour six mois, était stockée dans de vastes dépôts ou dans de grandes jarres fixées dans le sol. Rien ne manquait à la vie quotidienne : cuisines, églises, écuries, dortoirs, pressoirs, cimetières.

Même si Hatice a déjà visité ces sites plusieurs fois avec son grand-père, elle est toujours émerveillée de voir comment des humains ont pu être aussi ingénieux. Elle aimerait beaucoup y habiter plus tard. Son grand-père lui dit tous les ans qu'il faut qu'elle devienne guide à son tour quand elle sera grande. Elle pourra ainsi y vivre et profiter pleinement de cette merveilleuse région unique au monde.

Région montagneuse et volcanique dans la partie est de la Cappadoce.

Hozan vit à Diyarbakir, dans le Kurdistan turc

Hozan est un garçon de onze ans d'origine kurde. Il habite à Diyarbakir, où ses parents s'occupent d'une petite auberge.

Cette ville dont les origines remontent à la plus haute Antiquité fut la capitale d'un royaume kurde appelé Corduène (ou Cordyène). Devenue une province de l'Empire romain en 66 avant J.-C., Diyarbakir fut aussi un grand centre religieux chrétien. En 1534, elle fut intégrée à l'Empire ottoman, et, jusqu'en 1915, une très importante communauté arménienne y vivait. Mais Diyarbakir n'a jamais cessé d'être la ville emblématique du peuple kurde et ses habitants sont très fiers de leur origine. Peuplée d'environ un million d'habitants, en majorité des Kurdes, elle est considérée comme la « capitale » de la région dite du Kurdistan turc.

Elle présente la particularité géographique d'être située sur un plateau, à 100 km de la Syrie et à environ 200 km de l'Irak ; elle surplombe ainsi la vaste plaine de la Mésopotamie, l'un des berceaux de la civilisation, non loin des rives du Tigre et de l'Euphrate. Cette immense plaine aride, presque désertique, est entourée de montagnes rocailleuses, qui sont le berceau du peuple kurde.

Le peuple kurde de Turquie

Les Kurdes sont un peuple d'origine indo-européenne qui compte entre 30 et 35 millions de personnes. Ils n'ont pas d'État à eux et vivent au Kurdistan (qui signifie le « pays des

Kurdes » en langue kurde), une région que se partagent quatre pays différents : la Turquie, l'Irak, l'Iran et la Syrie. Sur ces quatre pays, deux ont accordé aux Kurdes une région officiellement dénommée « Kurdistan », c'est-à-dire en reconnaissant leur identité de Kurdes : l'Iran, avec sa province du Kordestan, et l'Irak, avec sa région autonome du Kurdistan. Depuis toujours, le peuple kurde défend sa souveraineté et lutte pour son autodétermination. Mais tous les États qui abritent une communauté kurde s'opposent activement à la création d'un État kurde indépendant, craignant de devoir abandonner cette partie riche en eau et en pétrole de leur territoire national.

Les Kurdes de tous ces pays parlent des dialectes proches les uns des autres, tous issus du kurde, une langue indo-européenne comme le français – donc particulière et différente du turc, de l'arabe parlé en Irak et en Syrie, et du persan, qui est la langue principale de l'Iran.

 ## Un peuple bâillonné et opprimé

En Turquie, lorsque Kemal Atatürk prit le pouvoir en 1923, il existait une importante minorité kurde au sein des nouvelles frontières du pays.

Cette minorité fut appelée à s'intégrer et à se fondre dans la société turque, au détriment de sa propre culture kurde. Face à la toute-puissance du nouvel État turc, le peuple kurde tenta de faire valoir ses droits, par exemple en continuant d'utiliser sa langue et en conservant sa manière de vivre. Il fut alors réprimé, soit directement par l'armée turque, soit indirectement en se retrouvant privé d'aide économique de la part de l'État. Dans les années 1960, le pouvoir turc ordonna l'arrestation d'intellectuels et d'hommes politiques kurdes, et l'usage de la langue kurde fut interdit. En réaction, le Parti des travailleurs du Kurdistan, le PKK, fut créé en 1978, avec pour objectif l'indépendance de la région du

L'oppression contre les Kurdes s'est attaquée à toute leur culture.

Turquie

Arménie

Kurdistan

Syrie

Iran

Irak

ديثة (260 كلم.
نمير) قتل بين قتل
ال «بيدم بارد» على بنا 2005،
٧ مريكة (الارينز) على
أس» (جهان
مريكية اح

A Z A D Î (Liberté)

« Azadî » est devenu le mot d'ordre du peuple kurde.

Kurdistan située sur le territoire turc. Cette organisation, dont le siège est à Diyarbakir, devint vite un mouvement de guérilla et entra en opposition armée avec le gouvernement turc à partir de 1984. Jusqu'à l'arrestation de son chef, Abdullah Öcalan, en 1999, le PKK se livra à une véritable guerre contre l'armée turque mais également à des opérations armées dans le nord de l'Irak pour défendre l'identité kurde, mise à mal par le pouvoir irakien, alors détenu par Saddam Hussein.

Il fallut attendre le début des années 1990 pour que la Turquie reconnaisse officiellement l'ethnie kurde et sa culture. Le président de la République, Turgut Özal, révéla lui-même ses origines kurdes. Depuis cette époque, la question kurde n'est plus un sujet tabou dans les médias. L'usage privé de la langue kurde a été peu à peu toléré, puis autorisé en 2002 dans certaines émissions régionales, à la télé et à la radio, mais on n'apprend pas le kurde à l'école. Et la défense de l'identité kurde n'est toujours pas sans risque : en 1995, Yachar Kemal, un grand écrivain turc d'origine kurde, a été l'objet de poursuites pour avoir dénoncé la répression visant les Kurdes.

Aujourd'hui, le conflit armé entre les Kurdes et le pouvoir turc a pratiquement cessé. Sur les 12 millions de Kurdes vivant en Turquie, une bonne partie s'est intégrée dans la nation turque. Il existe cependant encore une forte présence de l'armée et de la police turques dans le Kurdistan turc pour réprimer tout réveil de l'élan séparatiste.
Du fait de l'exode rural, Istanbul est aujourd'hui la plus grande ville kurde car 2 millions de ses habitants appartiennent à cette communauté. Beaucoup de Kurdes ont aussi émigré, notamment en Allemagne.

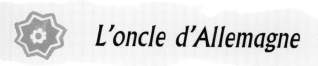

L'oncle d'Allemagne

Suleyman, l'oncle d'Hozan, est parti d'Ankara il y a bien longtemps. Désormais, il habite à Stuttgart, une grande ville d'Allemagne, où il travaille dans une usine d'automobiles, chez Mercedes.

Lorsque l'oncle Suleyman rentre à Diyarbakir, une fois par an, au volant de sa grosse Mercedes, Hozan est toujours très content de revoir ses cousins, qui lui apprennent quelques mots d'allemand. Et puis ils écoutent parfois les conversations des adultes. Hozan a appris qu'en Allemagne le niveau de vie est plus élevé qu'en Turquie, et que de très

Un travailleur assemble les pièces d'une Mercedes-Benz en Allemagne.

39

nombreux Turcs, plus de 2 millions, vivent dans ce pays, dont 600 000 Kurdes ! En effet, l'Allemagne, qui avait besoin de main-d'œuvre, a signé une convention avec la Turquie le 31 octobre 1961 pour faire venir des travailleurs turcs de régions agricoles pauvres. Beaucoup de Kurdes fuyant la répression se sont joints à eux, surtout au moment de la dictature militaire, dans les années 1970-1980. Certains Turcs émigrés en Allemagne sont revenus au pays après quelques années, forts d'une nouvelle expérience professionnelle, ou à l'âge de la retraite, mais beaucoup d'autres ont décidé de faire leur vie en Allemagne. L'oncle Suleyman fait partie de ces derniers.

Hozan espère aussi y aller un jour, pas pour y vivre, mais au moins pour connaître la vie de ses cousins.

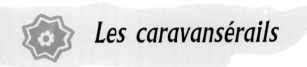

Les caravansérails

À Diyarbakir, de très nombreux monuments, comme les remparts qui entourent la ville, sont de couleur noire.

En effet, pour les construire, on a utilisé des pierres issues de l'éruption du volcan Karacadag. Pour cette raison, Diyarbakir est surnommée la « ville noire ». Les remparts forment un mur d'enceinte long de plusieurs kilomètres, entrecoupé de cinq portes. On dit d'ailleurs que la muraille de Diyarbakir est la plus longue du monde après celle de Chine !

Le petit restaurant des parents d'Hozan se trouve à proximité de l'une des portes de la ville, la porte de Mardin. C'est un ancien caravansérail qui a été aménagé en auberge, avec aussi un hôtel et de nombreux ateliers d'artisans. On retrouve d'anciens caravansérails un peu partout en Turquie, aussi bien dans les villages que dans les grandes villes telles qu'Istanbul ou Ankara. Il y en a aussi dans les anciennes provinces de l'Empire ottoman, en Algérie, au Liban, en Syrie… Ces constructions servaient de relais à l'époque de l'Empire romain, lorsque des convois transportant des marchandises, appelés caravanes (d'où vient le nom de caravansérail),

Les caravansérails, anciens lieux d'étapes des pélerins pour l'Occident.

empruntaient la « route de la soie » pour aller chercher la précieuse étoffe en Chine. D'autres caravanes empruntaient également cette route pour rapporter en Europe des pierres et des métaux précieux, de la laine, du lin, de l'ivoire, de la laque et des épices. Plus tard, pendant l'ère ottomane, les caravansérails furent aussi utilisés pour les pèlerinages religieux à travers l'ensemble des pays de l'Empire. Les voyageurs s'y arrêtaient pour y passer la nuit, dîner et dormir, ou juste pour y prendre un repas. Ces haltes régulières permettaient aux chevaux de reprendre des forces. Mais c'était aussi l'occasion de faire des rencontres et du commerce.

Les caravansérails étaient de véritables forteresses qui n'étaient accessibles, dans la plupart des cas, que par une seule grande porte qui ne s'ouvrait que pour laisser entrer ou sortir une caravane. Pour la circulation piétonne, une porte plus petite ressemblant à un guichet et appelé « chatière » permettait de filtrer les passages. Des fondations religieuses assumaient le fonctionnement du caravansérail, et l'accès pour les commerçants-voyageurs était gratuit. Dans la plupart de ces

« palais des caravanes », on trouvait un lieu de culte, une mosquée ou une église. Dans l'ancien caravansérail où se situe l'auberge des parents d'Hozan, il y a une grande cour où étaient entreposées les marchandises pour la nuit, et une galerie tout autour permettait aux voyageurs de surveiller leur précieux chargement.

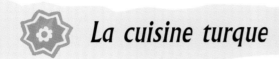

La cuisine turque

Si, aujourd'hui, il n'existe plus de vrais caravansérails, l'auberge des parents d'Hozan est un relais apprécié de très nombreux touristes qui viennent visiter Diyarbakir. C'est l'occasion pour eux de déguster les spécialités gastronomiques de la ville ainsi que les plats turcs les plus typiques.

Ce sont les parents d'Hozan qui s'occupent de faire la cuisine. Son père est en charge des plats à base de viande, et sa mère confectionne les entrées et les desserts. Aux touristes de passage, son père dit toujours : « En Turquie, on aime manger et on aime la convivialité. » Il est très fier de la cuisine turque et il ne manque jamais une occasion de dire qu'elle est l'une des meilleures au monde, car elle a bénéficié des raffinements de la cuisine ottomane et a profité d'une multitude d'influences étrangères : moyen-orientales, méditerranéennes et asiatiques.

Comme la plupart des restaurants turcs, celui des parents d'Hozan est ouvert toute la journée. En Turquie, il n'existe pas d'horaires précis pour le service. On mange à toute heure du jour, quand on en a envie. Il y a ainsi toujours du monde, et les parents d'Hozan passent leur journée à préparer des plats. D'autant que les menus sont copieux : plusieurs entrées froides, deux ou trois plats chauds à base de viande et des desserts. De plus, différents fromages sont proposés : soit mélangés avec des salades, comme la feta (fromage le plus consommé en Turquie, à base de lait de

Le kebab turc est devenu *un plat international !*

brebis), soit pour être grignotés pendant le repas comme le fromage aux herbes vertes et à l'ail.

Les parents d'Hozan proposent des dizaines de plats différents,

mais leurs spécialités sont le *cacik*, du concombre frais coupé en rondelles et servi avec du yaourt, de l'ail, de la menthe et de l'aneth, les feuilles de vignes farcies à la viande et au riz, ou encore le *kebab*, véritable plat national à base de viande d'agneau, qui porte le nom de *cartlak kebab* à Diyarbakir.

Il y en a différentes sortes selon les assortiments et les sauces. La

particularité du *kebab* (terme qui signifie « grillade » ou « viande grillée » en persan) réside dans le fait que le filet d'agneau est cuit sur une rôtissoire verticale qui tourne pendant des heures très doucement pour bien saisir la viande. Puis la viande est découpée, toujours verticalement, en fines tranches. Elle est ensuite servie dans un pain pita (un pain arrondi contenant de la levure), garni de feuilles de laitue, de tranches de tomates et d'oignons. Mais il y a différentes variétés de *kebab* en Turquie, et le père d'Hozan en prépare toujours plusieurs, dont le *kebab* de *keskek* (avec des pois chiches et une crème à base d'épices, de poulet et de blé écrasé) ou encore le *chiche kebab*, des brochettes d'agneau mariné dans des épices et servi avec des oignons, des tomates, des poivrons et des champignons, le tout relevé avec du sumac, une poudre rouge qui donne un goût très légèrement piquant et qui fait un peu office de filet de citron.

Les feuilles de vigne farcies à la viande et au riz, qu'on appelle

dolma, sont un autre plat traditionnel en Turquie, et le père d'Hozan les propose tous les jours. Elles sont servies avec du riz pilaf, un riz préparé avec un bouillon, ou du *boulgour,* du blé concassé.

Au restaurant des parents d'Hozan, les habitués dégustent les mets

en buvant du raki, la boisson nationale. C'est un alcool à base de jus de raisin, de figue, de prune et d'anis. On peut le mélanger avec de l'eau

Une bouteille de raki, des dolma *et du* cacik
pour un repas savoureux.

pour l'adoucir ou le boire pur. En règle générale, les Turcs boivent beaucoup de thé. Sans oublier le café turc, célèbre dans le monde entier pour son goût. Parfois, sous la surveillance de sa mère, Hozan le prépare dans la *cezve*, une sorte de cafetière de forme cylindrique avec un long manche. Il verse dedans du café moulu très fin et très riche en arômes, du sucre et de l'eau froide, puis il fait chauffer. Il doit retirer la *cezve* du feu au moment précis où le café va être à ébullition, quand il commence à mousser. Il verse alors la mousse dans le fond des tasses puis remet le reste du café à chauffer une nouvelle fois jusqu'à ébullition avant de remplir de nouveau les tasses. Tout un art !

 ## Le Nouvel An kurde

À Diyarbakir, tous les ans, le 21 mars, Hozan et sa famille fêtent le Nouvel An kurde.

Appelée Newroz en kurde (ce qui signifie « nouveau jour ») et Nevruz en turc, cette fête symbolise la renaissance de la nature et marque le début du printemps. Ce terme serait apparu pour la première fois sous l'Empire perse, il y a cinq mille ans. Newroz reste encore aujourd'hui la fête la plus populaire de la région, de la Turquie au Kazakhstan, en passant par l'Afghanistan, l'Iran, l'Irak, l'Ouzbékistan, l'Azerbaïdjan, partout où il y a des Kurdes. Si aujourd'hui cette fête est nationale en Turquie, elle fut pendant longtemps célébrée uniquement par la population kurde car elle représente la libération du joug d'un roi tyrannique et cruel. Hozan connaît par cœur cette légende.

 ## La légende de Kawa

Sur les hauteurs d'une petite ville, dans la montagne de Zagros (très grande chaîne de montagnes au nord de l'Irak), il y avait un énorme château de pierre avec des grandes tourelles et de hauts murs foncés où vivait le roi Dehak, dont les armées terrorisaient les personnes vivant sur ses terres. Dehak était sous l'influence d'un esprit du mal appelé Ahriman qui, déguisé en cuisinier, alimentait le roi avec le sang et la chair

Des milliers de Kurdes célèbrent Newroz à Diyarbakir.

des animaux. Un jour, alors que Dehak le complimentait sur la qualité de ses plats, Ahriman lui demanda s'il pouvait embrasser ses épaules en guise de remerciement. Le roi accepta mais, à ce moment-là, deux serpents noirs géants apparurent sur ses épaules. Terrifié, Dehak essaya de se débarrasser des deux créatures mais, lorsqu'il les coupait, elles réapparaissaient aussitôt. C'est alors qu'Ahriman se déguisa en médecin et expliqua à Dehak qu'il ne pourrait jamais se débarrasser des serpents et qu'il devait les nourrir avec des cerveaux d'enfants. À compter de ce jour, tous les matins, deux enfants furent sacrifiés et leurs cerveaux apportés aux portes du château. Mais, dans le même temps, le soleil ne se leva plus, les plantes, les arbres et les fleurs cessèrent de pousser.

Près du château, un homme nommé Kawa travaillait comme forgeron. Il avait déjà sacrifié seize de ses enfants pour les serpents du roi. Un matin, Dehak ordonna que le dernier enfant de Kawa, une petite

La légende de Kawa, mythe pour la résistance kurde.

fille, soit tué et son cerveau apporté le lendemain. Pendant toute la nuit, Kawa réfléchit puis, le matin suivant, il s'exécuta en même temps qu'un autre habitant, chacun laissant un cerveau dans le grand seau en bois à l'entrée du château. Quand Kawa revint chez lui, il trouva son épouse qui pleurait. Il s'approcha d'elle et ouvrit son grand manteau, sous lequel il avait caché leur petite fille. Au lieu de sacrifier son dernier enfant, Kawa avait apporté un cerveau de mouton. Bientôt, tous les habitants surent que la ruse de Kawa avait fonctionné et, à partir de ce jour, des centaines d'enfants furent sauvés.

Puis les habitants se réfugièrent dans la montagne de Zagros, là où les armées du roi Dehak ne pouvaient les retrouver. Ils apprirent à survivre, à monter les chevaux sauvages, à chasser et pêcher. Kawa leur apprit aussi à se battre. Un jour, Kawa décida qu'il était temps d'affronter les hommes du roi et il marcha avec ses troupes vers le château. Les armées de Dehak furent battues et Kawa coupa la tête du roi. Puis il monta tout en haut de la montagne et alluma un grand feu pour signifier aux habitants de la Mésopotamie que lui et les siens étaient enfin libres. Des centaines de feux s'allumèrent pour faire circuler le message et les flammes s'élevèrent si haut que l'obscurité disparut. Les fleurs, les plantes, les arbres recommencèrent à pousser, les aigles revinrent voler au-dessus des montagnes et le peuple chanta et dansa pendant des jours entiers.

Cette légende, symbole de la résistance du peuple kurde, est l'occasion pour les Kurdes d'affirmer leur identité. C'est pour cette raison que le pouvoir turc a longtemps interdit la célébration de Newroz. Pour cette grande fête qui dure plusieurs jours, Hozan et ses parents ont d'abord pour coutume de faire un grand ménage dans leur maison, puis de préparer de nombreux plats qui seront dégustés avec des membres de leur famille et des voisins proches. Le lendemain, ils se rendent au cimetière pour honorer les morts et se recueillir sur les tombes. Le soir enfin, tout le monde se retrouve autour des plats avant de chanter et danser la nuit entière. C'est le moment que Hozan préfère car c'est le seul jour de l'année où il a le droit de veiller et de jouer le soir très tard avec ses cousins !

Crédits photographiques :

P. 5 : © akg-images / Cameraphoto
P. 7 : © Owen Franken/CORBIS
P. 8-9 : © DR
P. 13 : © akg-images
P. 15 : © Yann Arthus-Bertrand/CORBIS
P. 18 : © Getty Images
P. 27 : © George Steinmetz/Corbis
P. 33 : © George Steinmetz/Corbis
P. 39 : © AFP/Getty Images
P. 45 : © Getty Images

Achevé d'imprimer en août 2009 en France

Produit complet POLLINA - n° L50684

Dépôt légal : septembre 2009
ISBN : 978-2-7324-3966-2